プロローグ

浜までは海女も蓑着る時雨かな

滝瓢水

清沢桂太郎詩集　浜までは　目次

プロローグ

過ぎゆく時の流れに

故郷を想う

祈りについて

生きる

宇宙について

エピローグ

あとがき

過ぎゆく時の流れに

あなたへ

クチナシが咲いた
純白に咲いた

クチナシは二、三日純白に咲いて
四、五日で褐色になり
朽ちた

あなたは咲いている
純白に

あなたには
咲いていてほしい
永遠に汚れなき純白で

生きているということ

そうです
生きているということは
永遠に連なる過ぎゆく時間の
最先端を歩んでいるということです

ですから
生きるということは
未来に連なる足跡を残すということです

栄枯盛衰

夕方暗くなる時間が遅くなって
空気に暖かみを感じる日が何日かあった

気が付くと
庭の片隅にスミレが群れて咲いている

何年か前には
ヘビイチゴが群れて咲く一角があった

それほど広くない庭ではあるが

年が変われば群れて咲く花も違う
庭に咲く野の花の間にも
栄枯盛衰はある

梅雨が明けた

空は紺碧
雲は純白
照りつける太陽の光線が痛い

昨日までの空とは違う
梅雨が明けたのだ

田圃では稲が
その香りをいっぱいに漂わせながら
希望へ向かって力強く伸びている

畑の隅では
百日紅が紅い

なぜ年をとるのか

ただ時が過ぎゆくから
だけではない

年をとらないと
分からないことがあるからだ

過ぎゆく時の中で
勉強し　研究し
いろいろと体験しないと
分からないことがあるからだ

学問とは何か
生きるとはどういうことか
人生とはどういうものかを
知るためだ

青春時代には
分からなかったことを
壮年時代には
気が付かなかったことを
知るためだ

学問も
大学を定年退職して

六十の後半を過ぎ
古希を超え
喜寿に近くなって
理解が深まり
関心が広がった領域や分野がある

生きるということも
古希を超え
喜寿に近づいて
気付いたことがある

なぜ年をとるのか
ただ時が過ぎゆくから
だけではない

高速で回転する時計の針

秒針は一分で三百六十度回転する
肉眼ではっきりと分かる速さだ

分針は秒針が一回転する間に
三百六十度の六十分の一進む
肉眼でもよく見ていると
動いているのが分かる気がする

時針は分針が三百六十度回転する間に
三百六十度の六十分の五進む

肉眼ではその動きはほとんど分からない
腕時計を顕微鏡で覗いたとき
その時針が猛烈な速度で動いているのを見て
驚いた

「何アホなこと言うてんねん
当たりまえのことやないか」
君はバカにするように笑ったね?!

でもこの時ボクは
はっきりと自覚したのだ！
時間が非常に高速で過ぎてゆくのを

ボクはこのように超スピードで切れ目なく
過ぎてゆく時間の中で生まれ
成長し　老いて　死んでゆく

ボクとは
そういう存在なのだということを

微笑んでいる

桜花《さくら》は
すでに樹を離れ
一枚一枚の花びらに分解され
池の水面に浮いている

花びらは
朽ちゆく身ながら
静かに
微笑んでいる

花びらは
朽ちゆく身ゆえに
静かに
微笑んでいる

山茶花が朽ちて

山茶花が散った
二月の一日《いちじつ》

山茶花の
最後の花が散った

山茶花は
冬の終わりを告げて散った

山茶花は散って

褐色に朽ちた
褐色に朽ちて
村人のこころの片隅に
明るい春の温もりが
小さく宿った

ＡＩ（人工知能）

ＡＩの前に
将棋の最高位の名人は
負けましたと深々と頭を下げた

九マス掛ける九マスの盤の上で
十の二百二十乗の変幻自在の駒の動かし方のある
将棋の世界の　最高位の名人を
一台のコンピューターに過ぎない人工知能が
負かしたのだ

私が現役の研究者であった頃は
コンピューターは
生命体の最高位に位置する
人間が予め決めた範囲内でしか
答えを出すことができなかった

コンピューターは
人間が要求する計算を
人間以上に高速で計算できるようにはなったが
人間が求める範囲内の計算までであった

それなのに　今や人工知能は
人間の中の将棋の世界の最高位の名人が
予想だにしなかった駒の配置と動かし方をして

名人を負かすのだ

人工知能は　膨大なデータをもとに人間と同じように
ディープラーニングと呼ばれる学習をして
優れた名医にも判断できないガン細胞や病名を
識別できるようになりつつある

自動車の自動運転技術では
人工知能が　人工衛星からの電波と
自動車に取り付けられた
ミリ波レーダーやレーザーレーダーをもとに
現在から極めて近い時間内の未来ではあるが
未来に起こる現象を正しく想像して
危険を避けることができるようになりつつある

今や　人工知能は
少女たちが若者向けに唄う
歌の歌詞が書けるまでになった

人工知能は
俳句を詠み
詩さえも書ける

古代　人々は
卑弥呼を通して
神の意思を求めた

現代の人々は

まだ限られた分野ではあるが
人工知能に　真実の声を聞き
それに従おうとするようになりつつある

しかし　現代人はすでに
なぜ人工知能がそのような答えを出すのか
そのプロセスを知ることはできないのだ

古代人が
なぜ　神が卑弥呼を通して
そのような意思を告げるのかを
知ることができなかったように

故郷を想う

郷土愛

毎年一月に京都で開かれる
全国女子駅伝の応援

ボクは大阪での生活が長いけど
千葉生まれの千葉育ちやから
大阪やなくて千葉やな

息子たちは大阪生まれの大阪育ちやから
大阪やろな

そうね
ワタシは高山生まれで京都育ちで
大阪の生活が長いから……

妻の語尾はあいまいになった

人生

それはすでに過ぎ去った過去
切ない思いに満ち満ちた
幾冊もの写真のアルバム

幼い頃の私は
薄靄のかかるあぜ道を
男友達や女友達とはしゃぎまわっていた
稲を刈った後の田圃を
ギンヤンマを追いかけていた

東京湾の引き潮で現れた
中洲と中洲の間の澪を
溺れそうになりながら
必死に泳いで渡った

恋を知ったのは
最初のアルバムの終わりの辺だった

それから突然
大学での同級生や研究者との写真が
十数葉あって
家族の写真が幾冊も続く

それぞれの写真に写っている私を
それは私だと指摘できるが
容貌は少しづつ変わっている

すっかり老人の顔になった今は
夕闇迫る茜色の空のもとを
一人でゆったりと歩んでいる

人生
それは振り返れば
不思議に満ち満ちた
出会いの積み重ねのアルバム

透明な風が

音もなく吹いている

母と父を送る

昨日夕
別るるときは
温き手も
今日は冷たく
ありにけるかな

母送り
父をも送る
夜更けて
風がくうと

耳元に吹く

母が越え
父も越えにし
峠道
如何でか我にも
越えざらむべき

帰郷

故郷の
電車に乗りて
訛り聞く
東京弁も
東京弁なり

故郷に
帰りてみれば
若き人
あれこれ死にたり

弟は告ぐ

祈りについて

祈りについての短章

浜までは海女も蓑着る時雨かな
滝瓢水

結局は
海に入って濡れる身である

海に入って濡れる身ではあるが
浜までの道で時雨が降ってきたら
どうするのかという問題である

生老病死の雨が降ってきたら
どうするのかという問題である

蓑にはいろいろある
曹洞宗　臨済宗　黄檗宗
浄土宗　浄土真宗　日蓮宗
真言宗　天台宗　修験道　神道
キリスト教　イスラム教　ユダヤ教　ヒンズー教

そして
意識的な適度な運動と
医師

生きる

ムカデ

ムカデが一匹
アスファルト舗装された
夏まぢかの西日の強い乾ききった農道を
横切ろうとしていた

私はとっさに
足で踏みつけた

足を上げると
ムカデはもがいていた

私はまた
足で踏みつけた

ムカデは
まだもがいていた

私はまた
足で踏みつけた

ムカデはまだ
もがいていた

ムカデよ

お前はそんなに足で踏みつけられても
まだ生きているのか

もうよい　お前は
さらに生きるためにどこへでも行け

私は
さらに踏みつけて
とどめを刺すことをやめた

自殺は絶対にいけません

ちょっとエロチックですが
真実の真面目な話から始めます

（1）

結婚をした
父になる人と
母になる人は
ふつうは　隣り合わせの布団か
一つのベットに寝ます

夜　父になる人のオシッコを通すペニスは
太く固くなることがあります
その時　一緒に寝ている母になる人のオッパイを
触りたくなります

オッパイを触られた母になる人の産道である膣は
粘液で満たされます

父になる人はその膣に大きく固くなったペニスを
挿入し　射精をします

その精液にはふつうは三億匹の精子が
泳ぎ回っています

その精子は
日本人なら日本人の遺伝子でありながら
少しづつ遺伝情報の異なる
ほぼ三億通りの異なる遺伝子を持ちます

精子は母になる人の卵巣から
卵管に排卵された卵子に向かって
泳いでゆきます

そして　三億匹の精子のうち
一匹だけが偶然に卵管内の卵子に突入できて
受精が成立します

精子の性染色体がY染色体の時
その受精卵は将来一人の
独特の個性を持った男になり
X染色体の時その受精卵は一人の
独特の個性を持った女になります

あなたは　母になる人の卵管の途中で
三億分の一のさらに半分の確率で
独特の個性を持った男になりました

あなたは　三億分の一のさらに半分の確率で
独特の個性を持った女になりました

あなたになった父の精子の

隣の父の精子が受精していたら
あなたは別の遺伝情報を持った
別のあなたになっていたのです

母になる人は一か月に一個排卵します

卵子も一個一個少しづつ
遺伝情報が異なります

ですから　父になる人と
母になる人の愛の営みが一か月早かったり
遅かったりすると
卵管に排卵される卵子の遺伝情報は異なるし
受精する精子の遺伝情報も異なるので

あなたは今のあなたとは
別のあなたになっていたのです

あなたは同じ父と母から生まれた
兄弟姉妹と　容貌　性格　能力　体質などが
いくつかの点で似ているところがありますが
多くの点で違うでしょう

まず第一に　一卵性双生児でない限り
二卵性双生児の場合や兄弟姉妹とは
性別と顔つきで区別できます

この偶然だけが支配する極めて低い稀有の確率で
生まれてきた　あなた

そのあなたをあなたはどう思いますか

（2）

あなたは「自分は父と母の
快楽の結果生まれてきたのだ」と言うかもしれません

でも　あなたは生まれてくると
毎日毎晩昼夜を問わずにお腹をすかし
オシッコをしたり　ウンチをして
泣いて　父と母　特に母の注意を
強制的に喚起します

父と母　特に母はどんなに疲れていても

どんなに眠くても起きて
毎日いつでもあなたにオッパイを授け
何回もオムツを取り替えます
肌着も取り替えます

取り替えた肌着は
あなたのために
毎日洗濯して乾かします

これは一年、二年、三年と続きます

この父と母のあなたへの愛情の行為は
形は変わりますが
あなたが大人になるまで続きますし

あなたが大人になっても基本的には同じです
この父と母の愛情をどう受け取りますか

（3）

父と母は
あなたがいなくなると
とても心配です

あなたが亡くなったとしますと
非常に悲しいし　淋しいし
生きてゆくのがつらいです

（4）

しかし　人は精神的に疲労が重なった時とか
あるいは原因不明の理由で
脳の構造が
微妙に正常とは異なる形になった時に
あるいは　脳内のある特定の化学物質の濃度が
異常に高くなったり異常に低くなったり
シナプシスと呼ばれる
脳の神経細胞と神経細胞の接合部位に
異常が起こった時
強い不安感や幻聴幻覚や
うつ状態やそう状態や妄想など
精神状態が正常でなくなると考えられています

そのうつ状態になった時
人は病的に自殺したくなることが多いのです

それは心の病気です
病気ですから医学が治します

多くの病気が薬で治せるように
心の病気も薬で治せます

心療内科とか精神神経科という看板を掲げた
精神科医を訪ねてください

自殺は絶対にしてはいけません

正義は勝つが

正義は必ず
勝利する

しかし
歴史的には
正義が勝利するまでには
多くの人の
生命が犠牲にされねばならなかった

正論は必ず

勝利する

しかし
歴史的には
正論が正論として認められるまでには
主張者は
多くの時間と
主張を繰り返す努力が必要であった
生命を懸けてでも

正義は必ず
勝利し
正論は必ず
勝利する

しかし
世界は直ぐには
正義を正義として認めないし
正論を正論として認めない

正義も
正論も
万人にとって
自明なことではないのだ

世界に認めさせるためには
多くの時間と
生命を懸けた徒労とも思える努力が
必要だ

ああ　と諦めてはいけない

真理の将は

虚構の上に築かれた城は
打ち砕かれなければならない
いかに巨大な城であろうとも
打ち砕かれなければならない
真理の将は
軍配を振って将兵に告げた

それが私の人生だから

冬のピョンチャンオリンピック
羽生結弦は怪我を克服して
二度目の金メダル
宇野昌磨は初めての銀メダル

スノーボードの平野歩夢は
銀メダルに悔しさをにじませながら
「恐怖心に克った」という

彼らが異口同音に語る言葉は

「自分に勝つ」
「恐怖心に克つ」だ

古希を越えて狭心症の手術を受けた後
駅の階段を昇った時の
手術前とは質的に異なる息苦しさに
襲われた　死が近いという恐怖

循環器内科医は　血圧降下剤と尿酸排泄剤と
コレステロールの合成阻害剤の外に
二種類の高単位の抗血栓薬を処方する

内出血が幾度もあった

これではいけないと再開した筋肉トレーニング
そこでも　手術前とは異なる病的な息苦しさに
心臓に不安を覚え　心臓に不安を覚えると
死の恐怖に襲われた

それが　喜寿近くになった現在は
死の恐怖と対峙しながら
筋肉トレーニングをすることが
仏道の修行のように思えてきた
羽生結弦　宇野昌磨　平野歩夢などの
二十歳前後の若い選手の克己心がそうであるように
老いて知った健康であることのありがたさ
老いて湧き上がる

一日でも長く生きたいという欲望

私は
今日も筋肉トレーニングに励む
死の恐怖と対峙しながら
老いの限界へ向かって

それが私の人生だから

郵便屋さんにお任せしたから

手紙を書いて
郵便ポストに投函したとき
その日のうちに死んでもよいと
思うときがある

郵便ポストに投函しても
郵便屋さんがどんなに頑張っても
その手紙があの人に届くのには二、三日はかかる

それでも

郵便屋さんは二、三日以内には
必ず　あの人に届けてくれる

だから　郵便ポストに投函さえすれば
私が死んでも　二、三日以内には
私の思いは　あの人には届く

昨夜書いた手紙を
今日の第一便に間に合うように
郵便ポストに投函した

今日の内に死んでもよいと思いながら

郵便屋さんは

必ず　二、三日の内には
私の思いをあの人に届けてくれるから

断捨離

断捨離をした

若い研究者のための
専門分野の本を書くために
貯めていた書籍や論文コピーと
多くの詩人から頂いた詩集を捨てた

重量は一トンに達した
産廃業者は驚いた

私の心が軽くなった

浴室と洗面所とキッチンとトイレを
リフォームした
私の心は明るくなった

喜寿になって
軽い心と
明るい心で
新しい人生のスタートとなった

宇宙について

宇宙は激しくうごめいている

北半球が冬至へ向かう
十二月のある日
箕面の片隅で家が壊されている

箕面の別の片隅で
新しい家が建った

箕面の片隅が変る
日本の片隅が変る
地球が変る

宇宙が変る

何事も起こっていないように見える
宇宙の片隅で
超新星爆発が起こっている

宇宙では
全てがうごめいている
家が壊されている
家が建てられている
色々な元素が生成している
金が生成している
プラチナが生成している

星が生成している

ビッグバン以降の太陽よりも重い星々での
水素やヘリウムの核融合で
水素やヘリウムよりも重い
酸素や　炭素や　ネオンや　ケイ素や　硫黄などの
新しい元素が次々と生成し
鉄が生成した時に超新星爆発をし
それらが宇宙空間にばらまかれた

さらに
超新星爆発でできた中性子星が合体をし
強烈なガンマ線や赤外線を放射して
鉄よりも重い

金　銀　プラチナなどの元素が生成し
それらが宇宙空間にばらまかれ　新しい星ができる

太陽も　水星も　金星も　地球も　火星も
木星も　土星も　天王星も
ビッグバン後に生成した太陽よりも重い星の中で起こった
水素やヘリウムの核融合でできた色々の元素が
超新星爆発で宇宙空間にばらまかれた後に
再び　何十億年もかけて集合してできたのだ

私たちが　地球上で使う金貨も銀貨も
首にかけるプラチナも
こうしてできたのだ

中性子星の合体による強大なエネルギーで
アインシュタインが予言したように
空間がゆがみ　重力波が発生した

宇宙の全てが
激しくうごめいている

系外惑星プロキシマb

地球の周りを
月が回っている

その地球は
水星　金星　火星　木星　土星　天王星などと
太陽の周りを公転している太陽系の惑星だ

水星　金星　地球　火星は
岩石でできた岩石惑星だ

木星　土星は
ガスでできたガス惑星だ
天王星は絶対零度に近い氷の惑星だ
太陽系に最も近い恒星は
地球からどれくらいのところにあるのだろうか

私は
超新星爆発を知った時
その爆発のすさまじさに
怯えた

太陽系に近い恒星が

超新星爆発を起こしたら
地球など太陽系が属する天の川銀河の果てまで
吹き飛ばされてしまうに違いない

それなのに
ここ二十数年の天文学者の探査によると
太陽系からわずか四・二光年のところにある
赤色矮星プロキシマ・ケンタウリの
ハビタブルゾーン*に
プロキシマｂと呼ばれる系外惑星が
あることが分かった

天文学者は
プロキシマｂに

生命体がいるかもしれないとか
大気が極めて希薄な火星以外の
将来人類が移住できる最も近い星かも知れないと
強い好奇心を駆り立てられている

私は
もしも　恒星プロキシマ・ケンタウリが
超新星爆発を起こしたらと
戦々恐々としているのに

＊恒星の周りを公転している惑星上に水が液体で存在しうる領域。
ハビタブルゾーンの内側の惑星では恒星からの高温の熱のために、
水は水蒸気となり、外側の惑星では水は氷となる。

光について

神光あれと言給ひければ光ありき
聖書は述べる

仏教では
ひかりの佛と
佛のひかりが説かれている

私が初めて
光について知ったのは
小学生の時だった

光は一秒間に地球を七周半し
太陽を出た光は
地球に届くまでに八分十九秒かかると
図鑑に書いてあるのを読んだ

その時は
もし太陽が消えたとしたら
瞬間に光が見えなくなるのか
八分十九秒間は光が見えるのかを
疑問に思った

今になって分かったことは
光は真空を通ってでも

秒速三十万キロメートル前後の速度で
宇宙の隅々に到達できるということだ

光はこの広大な宇宙のほんの片隅に位置する
天の川銀河の中の太陽系の
さらにそのほんの片隅に生きている
小さな私にも到達して
私を照らしているということだ

私が
私を無明の闇から解き放ってくださいと
言おうと言うまいと

エピローグ

明けの明星は

遠くに　遠くに
軍馬のいななきと
兵士の足音を聞く

参禅は一人《いちにん》と萬人《ばんにん》と敵《てき》するが如くに相似《あいに》たり
危亡《きぼう》を顧みず、賊の陣中に入って
賊首《ぞくしゅ》を取り而《しこう》して帰る
始めて是れ大雄氏《だいおうし》の猛将なり

戦いは終わった

夜がやわらかに更けてゆく
　衆生を先に度《わた》して自らは
　終《つい》に仏にならず

先師の言葉を
繰り返し繰り返し思う
夜がやわらかに更けてゆく

明けの明星を!!
明けの明星は?!

あとがき

私は大学紛争が終わって二、三年経ったある日、強い不安感を覚え、政治的な理由から自殺を図りました。しかし、偶然にも未遂に終わり、郷里の千葉県市川市に近い東京のある精神神経科の病院に入院することになりました。この時、もう一度仏教者としてゼロからやり直そうと決意しました。入院する時に持参したのは高神覚昇『般若心経講義』（角川書店）と、帰省直前に大阪大学生協書籍部で偶然に購入していた紀野一義『佛との出会い』（筑摩書房）でした。これが、私が仏教者としてゼロから再出発しようと決意した時の原点です。

正座と半跏趺坐が出来なくなった今は、まだ若く健康であった頃に、永慶寺（奈良県大和郡山市）で仙石泰山老師（萬寿院　京都府宇治市）に指導して頂いた、坐禅中はひたすらに呼吸を数えるという数息観を発展させて、バーベルを上げ下げしたり、手や足や胴体を屈伸させながら、ひたすらに数を数えるという筋肉トレーニングに通っています。

数息観というのは正式には坐禅の際の呼吸法の一種で、腹式呼吸で息を吐いて、吐いて、吐いて、吐いて、吸って、吐いて、吐いて、吐いて、吐いて、吸ってという一連の呼吸に意識を集中させて、いーち、にー、さーんとひたすらに呼吸を数えることによって、坐禅中に雑念が入り込まないようにする修行法です。

数息観とは、文字通りに読みますと、呼吸する時の息をひたすらに数えることによって、呼吸と心を調えるという坐禅の仕方のことです。したがいまして、筋肉トレーニングでバーベルを上げ下げする数をひたすらに数えるということは、元来の数息観ではないと考えます。坐禅では第一に坐った時の姿勢が問われ、第二に呼吸を調えることが問われ、第三に心を調えることが問われます

一方、筋肉トレーニングでは、バーベルを上げ下げする時の上げ下げの数をひたすらに数えることになりますし、足を上げ下げする時には足の上げ下げの数をひたすらに数えることになります。この時は呼吸のことはほとんど意識してはおりません。したがいまして、激しい運動の時は一連の動作が終わった時には、呼吸は死ぬかと思うほど苦しくなっているることがあります。特に、狭心症の術後のリハビリとして、再開しました時は二年間くらいは病的な息苦しさと、それに伴う心臓への不安と、心臓への不安によって引き起こされる死への不安に悩まされました。

筋肉トレーニングでバーベルを上げ下げすることは、姿勢を絶えず動かすことであり、呼吸を激しく乱れさせることであり、心は場合によっては死ぬかもしれないと乱れますので、本来の坐禅の基本には反することになります。

ところが、呼吸が苦しくなるほど体を激しく動かすことによって起こる恐怖突入を通して得られる、心の安定があるのです。特に加齢によって膝の関節の筋力と軟骨が減って柔軟性が失われて、半跏趺坐も正座も出来なくなった者に取りましては、医師ではない私には断言はできませんが、この筋肉トレーニングという呼吸の苦しさと恐怖突入を伴う、体を激しく動かす運動が、心の安定を得るための一つの修行法であるように思えるのです。

永慶寺の参禅会では、参禅者が老師と一対一の真剣で対峙する独参が、午前と午後の二回ありました。この独参で最初に頂いた公案が数息観でした。その初期の頃に、私は数息観が「ナームアミダーブツ、ナームアミダーブツ」と「ナンミョーホーレンゲーキョ、ナンミョーホーレンゲーキョ」に通じることに気付かされました。

しかし、私はこのような恐怖突入の中で初めて、「南無阿弥陀佛、南無阿弥陀佛」と唱えることができました。また、「生きながら死人ととなりてなり果てて思ひのままにするわざぞよき、道といふ言葉に迷ふことなけれ朝夕己がなすわざと知れ」という至道無難禅師の教えは、精神神経科の病院の入退院を繰り返すという中で知りましたが、狭心症の術後のリハビリとしての筋肉トレーニングという別の日常の中で実践できたのも、この恐怖突入を通してでした。

◇　◇

私が初めて禅に御縁を頂いたのは、キリスト教の信仰と恋愛問題で心が不安定になった、大学二年生の終わりから三年、四年生の時でした。曹洞宗の三松禅寺（奈良県奈良市）の皆川英真和尚の指導を頂きました。大阪の精神神経科の病院に転院した後も、何回か入退院を繰り返しましたが、安定した状態が続き結婚をして長男が生まれました。その長男を連れて伺った際に、自殺を図ったことを告げると、「自殺ができればよい」と一言言われました。

その皆川英真和尚が、晩年言っておられた只管打坐《しかんたざ》とは、どういうことかは私にはほとんど分りません。ただ、仏教辞典には「只管」とは、唐・宋代の口語で、ひたすらにの意であると書いてあるので、私は只管打坐とはひたすらに坐禅をすることだと、単純に考えています。それでひたすらに筋肉トレーニングに通うことも、只管打坐に連なる道かもしれないと思いながら、通っています。

私が再び禅の御縁を頂いたのは、五十代の終わりの頃です。短歌人会の年配の女性の方から、奈良県大和郡山市にある黄檗宗の永慶寺に参禅するように誘われたのがきっかけでした。

◇　◇

禅と念仏についての初歩的な知識は、紀野一義先生（在家仏教者の会真如会）の間接的な指導と著作で学んでいましたが、同じ仏教の流派でありながら世間的には自力と他力とされていて、互いに相反する教えのように受け取られています。

しかし、私にとりましては、私の人生で四苦八苦をどう受け入れていったらよいのかということが、極めて大きな問題でした。このような立場からは、禅でもよいし念仏でもよいし、両者の融合された仏の世界でもよいし、密教でもよかったし、精神科医でもよかったのです。

◇　◇

古希を越え、喜寿をも越えようとしている私には、今生老病死の激しい時雨が降りかかっています。老いて半跏趺坐の坐禅さえも出来なくなった私には、仙石泰山老師が「これは『キチガイ』が書いた悟りの書である」というある先師の言葉を何度も紹介しながら、内講として講じて下さった親鸞『教行信証』を通して理解できた浄土の教えは、極めて深遠な教えであるということだけです。

このような中で、永慶寺で仙石泰山老師が『教行信証』の内講をされ、提唱の黄檗宗の『碧巌録』である『宗統録』の「解説」に、念仏禅に対する記述があることを知り、念仏と禅の融合に強い関心を持ちました。

これをきっかけに独学で勉強しました。その結果、鎌倉時代に中国から日本に伝えられた臨済宗は、その後極めて日本的に進化し、中国の臨済宗はその後時の権力者の宗教政策もあって、極めて中国的に進化を遂げ、江戸時代の初めに黄檗宗として日本に伝えられたことを知りました。その当時の黄檗宗は臨済正宗と名乗り、念仏をも唱えていたことを知りました。

私は今は古希を越えたころ受けた狭心症の手術と、そのリハビリの過程での筋肉トレーニングの中での体験と、現在はさらにきつい筋肉トレーニングができるまでに回復した事実から、「ただ南無阿弥陀佛と唱えれば浄土に往生できる」という浄土の教えも心の隅に置きながらも、仙石泰山老師の教えを守り、また皆川英真和尚の只管打坐への思いをはせながら、医師の助けを借りつつ、ひたすらに筋肉トレーニングを続けています。浜に着いたら、海に入る身とは知りながら。

本詩集の出版にあたりましては、小野高速印刷株式会社（ブックウェイ）の上川真史氏、及び黒田貴子氏にいろいろとお世話になりました。ここに記して深くお礼申し上げます。

二〇一九年三月　平成最後の年の喜寿が過ぎゆく日々の中で

著者記す

清沢桂太郎（Keitaro Kiyosawa）

1941 年　千葉県市川市に生まれる
1960 年　市川高等学校（市川学園）卒業
1961 年　大阪大学理学部生物学科入学
1965 年　大阪大学理学部生物学科卒業
1969 年　大阪大学大学院理学研究科生理コース博士課程中退、理学博士

所属　関西詩人協会　　日本詩人クラブ

既刊詩集　第一詩集『シリウスよりも』（2012 年　竹林館）
第二詩集『泥に咲く花』（2013 年　竹林館）
第三詩集『大阪のおじいちゃん』（2014 年　竹林館）
第四詩集『ある民主主義的な研究室の中で』（2014 年　竹林館）
第五詩集『風に散る花』（2015 年　竹林館）
第六詩集『臭皮袋の私』（2016 年　書肆侃侃房）
第七詩集『宇宙の片隅より』（2016 年　書肆侃侃房）
近刊詩集　第九詩集『道に咲く花』（2019 年　BookWay）
自然科学書　『細胞膜の界面化学』（2019 年　BookWay）

現住所　562-0005　大阪府箕面市新稲 5 丁目 20-17

清沢桂太郎詩集　浜までは

2019年 4 月13日　発行

著　者　清沢桂太郎
発行所　ブックウェイ
〒670-0933　姫路市平野町62
TEL.079（222）5372　FAX.079（244）1482
https://bookway.jp
印刷所　小野高速印刷株式会社

ISBN978-4-86584-389-7